A cinco minutos del guardabosques

Elsa Tablac

CAPÍTULO 1

L ESLIE

Cuando abrí los ojos en mitad de la noche, o al menos cuando fui consciente de que estaba despierta, sentí un intenso desamparo. Estaba en mitad del bosque de Shernoid, sola, de madrugada. Terrorífico, ¿verdad? Menos mal que entendí enseguida lo que estaba sucediendo.

Soy sonámbula. Desde tiempos inmemoriales. Me levanto de noche y doy unas vueltas alrededor de la cama de vez en cuando. A veces hago alguna actividad mecánica y repetitiva; como retirar todos mis libros de la estantería y volverlos a colocar, o fregar los platos.

En casa todo es relativamente seguro, pues me aseguro de que la puerta quede bien cerrada, pero cuando salgo de viaje he de ser un poco más precavida. De todas formas, con los años, eso de levantarse y caminar dormida cada vez me sucede menos a menudo. Desde luego, no esperaba que pasase durante la acampada que hice con mis amigos en la montaña de Shernoid. Aquel fin de semana celebrábamos mi veinticuatro cumpleaños, que en realidad había sido la semana anterior.

Esa noche compartía la tienda de campaña con Rebecca. Es mi mejor amiga y era la única de nuestro grupo que sabía de mis antiguas andanzas nocturnas pero estas ya eran tan poco frecuentes que olvidamos tomar precauciones que evitasen que me escapara de la tienda en mitad de la noche.

A CINCO MINUTOS DEL GUARDABOSQUES

Y allí estaba, en el bosque, sin saber cuánto había caminado, ni dónde estaba exactamente, ni cómo volver a nuestro improvisado campamento. Recuerdo dos cosas de ese despertar: primero, que no era todo tan oscuro como cabría esperar, ya que en el cielo brillaba una superluna que me hacía sentir un poco mejor. Lo segundo: estaba descalza. Había caminado por el bosque en braguitas, con una camiseta de talla L de manga corta. Como cabía esperar, de mis pies ya brotaban algunas pequeñas heridas. También un rasguño más escandaloso coronaba mi rodilla derecha —¿me había caído en algún momento?—.

No había sido la mejor idea hacer una maratón de películas de terror con Rebecca antes de aquella escapada a Shernoid. ¡La saga de la Bruja de Blair, nada menos! ¿En qué estaríamos pensando?

Respiré hondo y caminé con cuidado hasta llegar a un sendero que, por suerte, no estaba cubierto de piedras y ramitas. Aún así, me estremecía de dolor cada vez que pisaba donde no debía. No quería pensar en los jabalíes. Habíamos visto uno a lo lejos el día anterior y en el Centro de Excursionistas que había a los pies de Shernoid ya nos habían advertido que no dejásemos comida a la vista si no queríamos atraer a estos amiguitos del bosque a nuestras tiendas.

No sé exactamente cuánto rato caminé al despertarme ni hacia dónde me dirigía. Solo era consciente de que estaba a punto de tirar la toalla y tumbarme junto a las raíces de un árbol para descansar hasta que amaneciese, cuando vi el resplandor de una cabaña, a unos diez metros de donde estaba, triste y asustada.

Era la cabaña del guardabosques.

Lo supe porque me acerqué despacio, todo lo despacio que me permitían las plantas de mis pies malheridas, y leí la placa metálica que había clavada en la puerta.

GUARDABOSQUES.

Sentí una mezcla de miedo y de excitación, allí parada, sobre el suelo de madera del porche que rodeaba la casita en aquel claro del bosque. Miré mis piernas, ateridas por el frío. Dios mío, iba semidesnuda. ¿Qué hora debía ser? No más de las cuatro de la madrugada. Me sentía un poco más a salvo, al menos aquella superficie no me lastimaba los pies. Tomé aire de nuevo para serenarme y me detuve justo antes de llamar a la puerta.

No eran horas. Estaba a punto de despertar a quien fuese que vivía allí, en mitad de la noche. Pero no tenía demasiadas opciones.

Llamé a aquella puerta de madera. Al principio tímidamente, y la segunda y tercera vez con algo más de energía.

Si es que alguien se dignaba a abrir, esperaba a un ogro del bosque, un viejo rudo y profundamente fastidiado porque una chica de ciudad perturbase su sueño.

En su lugar, me encontré con la cara somnolienta y el torso desnudo de Billy Kudrup. El guardabosques más atractivo del condado. Probablemente del mundo.

BILLY

¿Estaba soñando? Sí, eso era. No podía ser. No era posible que el universo hubiese atendido, por una vez, mis ruegos silenciosos. Eran las cuatro de la madrugada y allí estaba, plantada en la puerta de mi cabaña, la rubia que había visto el día anterior en el Centro de Excursionistas.

Tardé unos segundos más de la cuenta en reaccionar. Después bajé la vista sin demasiado disimulo y comprobé, atónito, que no llevaba pantalones. Sus piernas y sus pies estaban completamente desnudos. No entendí nada. Cuando al fin fui consciente de que no estaba soñando, me di cuenta, horrorizado, de que aquella chica estaba herida.

Me aparté para que pasara de inmediato. Ella, como era lógico, no lo hizo. Había un deje de desconfianza en su rostro.

—Bue...buenas noches —dijo —. Siento mucho molestar a estas horas. Estaba de acampada con mis amigos, y me he perdido en el bosque.

Se abrazaba a sí misma. Tenía frío y parecía algo avergonzada. Pero aún así, extendió su mano para ofrecérmela.

—Soy Leslie.

La miré de nuevo. No podía creer lo que estaba pasando. La había visto el día anterior con un grupo de gente de su edad, formando algo de alboroto y comprando unos mapas en el Centro, cuando la vi. Llamó mi atención enseguida, como no podía ser de otra forma. Su melena rubia, sus grandes pechos. Sus piernas largas y atléticas. En cuanto se fueron, pregunté a Adele, la guía turística, dónde había acampado aquel grupo.

—¿Cómo quieres que lo sepa, Billy? Acaban de llegar. Solo espero que no se metan en problemas. Esperanza vana, supongo.

—Les echaré un vistazo esta tarde para asegurarme de que todo está bien —contesté.

No se lo dije a Adele, obvio, pero a quien quería echar un vistazo era a aquella rubia. Y allí estaba, en mi minúsculo salón, en mitad de la noche. Había encontrado el improvisado campamento de sus amigos, pero a la hora en que pasé no estaban allí. Había maldecido mi suerte, porque estaba dispuesto a presentarme y, tal vez, con suerte, entablar conversación con ella.

—Estás herida. ¿Qué te ha pasado?

Ella no contestó. Estaba tiritando. En ese momento reaccioné y cogí rápido la manta que tenía sobre la mecedora. Se la eché por los hombros. Fue entonces cuando fui consciente de su vulnerable desnudez. Aquella chica solo iba vestida con una camiseta que apenas le cubría las nalgas y unas braguitas. Observé una leve oscilación de sus pechos y no hizo falta ni un solo gesto suyo más para notar cómo mi entrepierna empezaba a endurecerse.

Tomé aire con disimulo.

—Dios mío, siéntate. Tómate tu tiempo.

Leslie aceptó la manta de buen grado, pero no dio ningún paso hacia el destartalado sillón que yo le señalaba. Parecía un poco más tranquila, ya no temblaba, pero aún me miraba con desconfianza. Era lógico. Estaba en casa de un desconocido, en mitad de la noche.

—Me llamo Billy —le dije—. Soy el guardabosques. Tranquila, conmigo estás a salvo. Te prepararé algo caliente y echaremos un vistazo a esas heridas, ¿de acuerdo?

CAPÍTULO 2

L ESLIE
Billy me dio la espalda y se puso a trastear en la cocina, mientras preparaba una infusión. Intuyo que al mismo tiempo quería proporcionarme un poco de intimidad mientras yo me replegaba en el sillón y cubría un poco mi desnudez con aquella manta. La olisqueé con disimulo. Era suave, estaba limpia y olía bien. Primera sorpresa.

Primera sorpresa no, segunda. Me chocó comprobar quién era el guardabosques en aquella zona de Shernoid. Había visto a este hombre el día anterior, en el Centro de Excursionistas, y había llamado poderosamente mi atención de la misma manera que lo estaba haciendo en ese instante; en su cabaña, exhibiendo su portentosa espalda. Esta vez, desnuda. Era alto, muy alto. ¿Qué edad debía tener? ¿Treinta y dos? Era mayor que yo, sin duda. No me pareció que tuviese una de esas miradas experimentadas, ni que fuera a tratarme de manera condescendiente. Sí protectora, pero, ¿no era eso parte de su trabajo? ¿Asegurarse de que todo iba bien en los alrededores? Estaba deseando averiguarlo.

Me relajé y esperé pacientemente a que volviese a mi lado. En aquel pequeño salón, alumbrado con una lámpara de pie colocada en un rincón, no había demasiados muebles. Ni siquiera un sofá en el que tumbarse. Tan solo había una mesa con una sola silla, el sillón en el que me había acomodado y la vieja mecedora.

Billy se giró con una taza humeante en cada mano.

—Toma. Es té con leche y miel. Te sentará bien.

—Gracias.

Alcancé la taza que me ofrecía y la manta resbaló de mi regazo, dejando de nuevo mis piernas al aire.

El guardabosques acercó la silla y se sentó frente a mí. Al ver mi rodilla dejó su taza en el suelo.

—No te muevas de aquí. Voy a buscar el botiquín.

Asentí. Estaba dispuesta a dejarme cuidar.

Billy regresó al cabo un minuto con una caja metálica considerablemente grande. La abrió y sacó vendas, gasas, apósitos y alcohol.

—¿Vas a contarme qué te ha pasado? —preguntó.

Me miró fijamente a los ojos. En ningún momento había mencionado la posibilidad de ponerse una camiseta. Había abierto la puerta vestido únicamente con un pantalón de pijama que, en fin, dejaba poco a la imaginación. Pero, ¿qué puedo saber yo sobre fisiología masculina y sus imprevisibles revelaciones?

Estaba embobada admirando sus pectorales, mientras Billy volcaba la botella de alcohol en una gasa.

—Empezaré por la herida de la rodilla. Puedo hacer una cura, pero ahí veo un rasguño un poco feo. La verdad es que me quedaría más tranquilo si te llevo a Urgencias a primera hora de la mañana.

—Oh, no será necesario. Debía caerme en el sendero, eso es todo. Estaba muy oscuro.

—Claro que lo está. Son las cuatro de la madrugada.

Suspiré.

—Sí, lo sé, siento mucho este marrón.

—Esto te va a escocer un segundo.

Colocó la gasa con tanto cuidado en mi rodilla, que apenas sentí un cosquilleo. Mi piel sintió la corriente eléctrica evidente en contacto con la suya. ¿Heridas? ¿Qué heridas? Ya ni me acordaba de ellas.

Me resistía un poco a contarle la verdad de lo sucedido. No es algo de lo que me sienta especialmente orgullosa. No es una de esas anécdotas que cuentas en las cenas. No abres la boca y le confiesas a cualquier desconocido: soy sonámbula. Es un poco ridículo. A veces la gente te devuelve miradas de pura incredulidad. Pero tampoco tenía energía para elaborar una mentira creativa a esas horas.

Billy volvió a abrir la boca.

—Leslie, ayer te vi en la zona de acampada. Vi que estabas con un grupo de gente. Si alguno de esos tipos, en mitad de la noche, te ha asustado y ha hecho que salieras corriendo en dirección al bosque yo...

No. Demasiado. Lo interrumpí.

—Solo soy sonámbula.

BILLY

Creo que parpadeé más rápido de lo normal. ¿Había oído bien? Hacía ya unos minutos que prácticamente contenía la respiración, pues la creía acelerada debido al repentino contacto con su piel.

—¿Sonámbula?

—Eso es. Me desperté en medio del bosque y no supe volver al campamento. Estaba desorientada.

Contemplé cómo sus labios se arrugaban, por desgracia no para darme un beso, sino para soplar sobre la infusión.

—Pero, ¿eso es algo que te pasa a menudo?

—No, a menudo no. Me pasaba cuando era más joven.

—¿Más joven? —le pregunté. Parecía estar más cerca de los veinte que de los treinta, un pequeño detalle que hacía que me moderase aún más en su presencia.

Vendé la rodilla con cuidado. Tenía un moratón y estaba un poco inflamado, pero el rasguño no parecía muy grave.

—Debí salir de la tienda de campaña que comparto con mi amiga Rebecca y empecé a andar.

—¿Ella no se despertó?

—Lo dudo. Duerme como un tronco.

—Dios, Leslie. Podría haberte pasado algo. Hay desniveles en el bosque. Podrías haber caminado montaña arriba. Hay senderos peligrosos. ¿Puedes estirar los pies, por favor?

Ella se encogió de hombros.

—Entonces es una suerte que llegase hasta aquí —contestó.

Pasé una toalla húmeda por sus pies. Esto podría causarme un nuevo problema, porque en ese instante se manifestó mi deseo más ferviente. Daría cualquier cosa, daría un par de años de mi existencia, por poder deslizar mi lengua entre esos deditos. No lo puedo remediar. Es una de mis pequeñas perversiones, olvidadas perversiones, pues hace ya demasiado que no siento la cercanía de una mujer. Y mucho menos de una como la que tenía delante, a mi merced, en mitad de la noche.

—¿Quieres que lo haga yo? —preguntó ella.

No entendí a qué se refería hasta que no señaló sus pies magullados. No, por supuesto que no; pero tampoco podía decirle que lo que más quería en ese instante era que me permitiese cuidar de ella y atender cada una de sus heridas.

—No, no te preocupes. Descansa. Por si te lo preguntas, estoy perfectamente preparado para atender primeros auxilios. Para hacer mi trabajo hemos de saber hacer curas básicas. Por suerte no pareces tener ninguna torcedura.

—Estoy bien, Billy. El problema es que...

Permitió que colocase su pie izquierdo sobre mi regazo. Lo atendí con todo el cuidado que pude, deteniéndome en cada centímetro de piel innecesariamente, porque intuía lo que me iba a decir. Lo que recuerdo de aquellos instantes, de ese cuidado tan íntimo que procuraba para Leslie, era que no quería que amaneciese jamás.

Ella dio un sorbo del té, concediéndose unos segundos extras para meditar sus palabras.

—He de volver. Al campamento. No quiero que mis amigos se despierten y se preocupen por mí. El problema es que...

Respiró hondo. Parecía avergonzada.

—No tienes por qué preocuparte. Creo que es mejor que te quedes aquí y te acompañaré en cuanto amanezca. Cuando quieras, de hecho, y...

—Es que he venido descalza —dijo finalmente.

—Ya. Claro.

Rodeé sus pequeños pies con mis enormes manos, en un gesto demasiado cercano. Pero ella no se apartó en ningún momento, ni hizo ningún amago de estar incómoda. Al contrario. Observé cómo sus hombros se relajaban y se hundían un poco más en el sillón.

Terminé de curar aquellos pequeños cortes en la planta del pie y reparé de nuevo en la desnudez de sus piernas. *Mantén la cabeza fría, Billy Kudrup,* pensé.

—Tienes unos pies muy pequeños —fui todo lo que pude contestar—. Te prestaría algunas de mis botas, pero son gigantes en comparación, Leslie. Pero no te preocupes, puedo llevarte sobre mi espalda. El campamento está solo a cinco minutos a pie de aquí. De hecho es mala suerte que no dieras con él...

Leslie soltó una repentina carcajada.

—¿Vas a llevarme en brazos?

—¿Por qué no?

—No te ofendas, pero es un poco ridículo. Solo faltaría que mis amigos estuviesen fuera de la tienda y me viesen llegar de esa guisa. Estarían años recordándomelo. Eso si no tienen algún teléfono a mano y deciden grabar toda la escena para la posteridad...

Obviamente no podría hacer aún ese tipo de confesiones, pero me irritaba un poco la idea de aquella diosa rubia rodeada de gente mundana que pudiese encontrar cómica aquella huida nocturna.

—No te preocupes. Cuando amanezca iré al campamento y hablaré con tu amiga Rebecca. Le pediré tus zapatillas, o que venga ella misma a buscarte. ¿Eso te parecería bien?

Leslie sonrió.

—¿Aceptarías un par de calcetines al menos? El suelo de la cabaña está bastante limpio, pero podría haber alguna astilla y es mejor que esas heridas estén un poco más protegidas...

Dejó la taza en el suelo y se acercó un poco al borde del sillón, recortando nuestra cruel distancia.

—Billy, te estoy muy agradecida, de verdad. Pero no quiero causarte más molestias.

—¿Estás dormida ahora?

Se rio de nuevo. Era como una música melódica y atronadora. Me encantaba su risa.

—¿Tú qué crees?

—Nunca he conocido a alguien que camine dormido. Me parece peligroso. Solo quiero estar seguro de que eres plenamente consciente.

—De qué.

—De que estás aquí ahora. Conmigo. En mi cabaña.

Se mordió de nuevo el labio. Yo ya empezaba a caer por el precipicio. Una pendiente que llevo años evitando.

—No se me ocurre ningún sitio mejor en el que estar —contestó.

CAPÍTULO 3

LESLIE

Cuando se ofreció a llevarme hasta la cama mantuve un rápido debate interior conmigo misma. Lo que me apetecía, lo que ardía en mi interior desde que había cruzado esa puerta; y por otra parte lo que pensaba que era más correcto. Era noche cerrada y tal vez lo mejor era descansar un poco; pero Billy insistió en que ocupase su cama.

—De ninguna manera —dije—. Ya has hecho bastante. Dormiré un poco aquí mismo, en este sillón, si no te importa.

Encogí mis piernas y me envolví de nuevo en la manta. Billy no contestó. Se levantó, dejó las dos tazas vacías en el fregadero y se perdió tras una puerta. Regresó al instante con una camisa de cuadros gigante, unos calcetines gruesos y un pantalón de deporte.

—No tengo nada de tu talla —me dijo.

—Es perfecto, gracias.

—No quiero que pases frío. ¿Dormías así, en la tienda? ¿O encontraremos la ropa que te falta en alguno de los senderos?

La verdad, siempre dormía con la menor ropa posible, y más ante la proximidad del verano.

—Creo que no encontrarás por ahí ningún rastro de mi pequeña aventura nocturna.

Le sonreí. La aventura no había hecho más que empezar.

Me levanté con cuidado para ponerme el pantalón. Me quedaba enorme. Él se acercó de nuevo a la cocina, ofreciéndome de nuevo un poco de intimidad mientras me vestía con la ropa que me había traído. Lo agradecí, pues a pesar de que la luz era tenue la humedad en mis braguitas era más que evidente, al menos para mí.

Y sabía muy bien a qué se debía aquel punto oscuro y pegajoso en la tela, y el momento exacto en el que había aparecido. Fue justo cuando cerró sus manos grandes y calientes sobre mi pie derecho, mimándolo, deteniéndose innecesariamente en cada milímetro de piel. Me excité al instante.

Soy joven, pero no tan ingenua cómo puedo parecer. Fui consciente enseguida de nuestra atracción, de cómo él mantenía la mirada fija en mis ojos y en mis heridas; y en cómo afloraba su instinto de protección. ¿Aquel hombre vivía allí solo? ¿Por qué? ¿Qué le habría llevado a aceptar aquel trabajo? Era cortés y educado. Vi algunos libros sobre plantas y astronomía en una vieja estantería. ¿Qué hacía allí, apartado del mundo?

—Insisto en que duermas en la cama —dijo Billy. Su voz sonaba un poco más grave.

En aquel momento, los dos de pie de nuevo, fui consciente de sus dimensiones. Quería negarme de nuevo, por pudor y porque realmente no quería causarle más inconvenientes. Pero también sabía que no iba a poder pegar ojo en el sillón. Soy de ese tipo de personas que no puede dormir sentada. ¿Un vuelo largo? Olvídalo, soy incapaz de dormirme.

Observé la disposición de los muebles en la cabaña. Era mucho menos rústica de lo que parecía desde fuera; y había comodidades propias del mundo real. La cocina parecía nueva y a pesar de la ausencia de sofá, se veía un sitio muy acogedor.

—Está bien —contesté—. Tú ganas.

Billy sonrió. Nos separaba medio metro pero era del todo consciente del calor que emanaba de su cuerpo.

—¿Puedes caminar? Te acompaño.

Di un paso y un destello doloroso me cruzó la pierna. Era como si el cansancio me pesara el doble y las pequeñas heridas se estuviesen rebelando.

Me apoyé en su brazo, aunque él estiró el otro.

—¿Quieres que te lleve?

Creo que la sola idea de Billy llevándome en brazos hasta su desconocido colchón me aceleró el pulso. Un relámpago iluminó la habitación y sobre una de las ventanas cayeron las primeras gotas. Pensé en mis amigos, en el campamento.

—Oh, no. Rebecca y los demás se despertarán.

En ese momento, la verdad, agradecí estar a cubierto. Nunca he sido una admiradora ferviente de las acampadas. Pero desde luego, una tormenta de verano era algo con lo que habíamos contado. Las tiendas estaban preparadas para la lluvia.

La habitación donde Billy dormía era pequeña y cálida; y tenía una pequeña chimenea donde se consumían las últimas brasas. Encendió una lamparita. La cama era gigante, demasiado grande para una sola persona. De repente quería saber más sobre él, si todo aquel espacio que sobraba pertenecía a alguna otra mujer que estuviese en la ciudad en aquel momento.

Me senté en la cama. Las sábanas estaban limpias y el colchón era cómodo y mullido.

—Cambié las sábanas ayer, pero si quieres... —me dijo, como si me leyese la mente.

A CINCO MINUTOS DEL GUARDABOSQUES

Hacía mucho tiempo que no me comunicaba con un hombre con la mirada.

No sé qué pasó por mi mente en esos instantes.

Simplemente, lo dije:

—Esta cama es enorme, Billy. Podemos compartirla.

BILLY

Sudores fríos. Sabía muy bien que lo que debía hacer era negarme en rotundo, dejarle espacio y privacidad, y permitirle que descansara. También llevaba varios minutos, desde que había curado sus pies, intentando negar la evidencia: quería saber todo sobre aquella misteriosa mujer rubia que había llegado hasta mí caminando de forma inconsciente.

Intenté leer cualquier intención en su propuesta, pero mi cuerpo reaccionó solo: me metí en la cama. Ella se había desplazado hacia la pared de la cabaña, el lado izquierdo de la cama. Yo me adueñé del derecho, reconociendo una nueva dureza. La dureza lógica: yo dormía siempre en el centro. Siempre solo. Desde que llegué de la ciudad.

Leslie no parecía tener sueño. O tal vez necesitaba un poco de charla para quedarse dormida. El espacio que había entre nosotros me parecía grotesco, un completo abismo, pero no me atrevía a acercarme más.

Me habló de su rutina en la ciudad, muy parecida a la que yo tenía seis meses al año. Se interesó por mi intermitente vida en los bosques de Shernoid.

—¿Cómo es? Estar aquí, rodeado de árboles.

Siempre me ha hecho gracia la mitología que se forma en la cabeza de todo el mundo, con respecto a mi modo de vida.

—Estudio a distancia —le dije—. Hace un año acepté este trabajo como guardabosques, estoy preparando mi tesis.

—¿Tu tesis? ¿De qué trata?

—Conservación de los bosques del norte. Pero Leslie... yo no soy un ermitaño. No soy como mi amigo Connor; quien vive un poco más hacia arriba, en la montaña. Él está aquí todo el año y es leñador. Yo paso todos los días por el Centro de Excursionistas y estoy en permanente contacto con gente. No quiero que pienses que...

Me callé. Leslie mantuvo los párpados cerrados un segundo más de la cuenta. Se estaba quedando dormida y yo me moría de ganas de abrazarla.

—¿Qué es lo que no quieres que piense?

—Pues eso. Que soy alguien reclusivo que no quiere contacto con nadie. Más bien al contrario.

—No podría pensar eso. No después de haber cuidado tan bien de mí.

Los meses que pasaba en la ciudad no eran precisamente monacales. Me gustan las mujeres. O me gustaban, en general, hasta que me encontré con ese ángel rubio en mitad de la noche y el resto sería para mí invisible si nos rodeasen.

—¿Qué haces cuando estás despierta, Leslie?

—Acabo de terminar la carrera de pedagogía. Seré profesora en alguna escuela, si todo va bien.

Estiró la mano bajo las sábanas y alcanzó la mía. Me enredé con sus dedos para que supiera que si se acercaba un poco más, mis brazos la recibirían, y que nada me gustaría más que dormir pegado a su cuerpo en las horas que nos quedaban. Pero serían demasiados milagros en una sola noche, ¿no?

Sus párpados volvieron a cerrarse y yo recordé sus piernas desnudas cuando abrí la puerta. No quería que acabase jamás aquella noche interminable, pero apenas quedaban un par de horas para que despuntara el sol.

—¿Puedes apagar la luz? —me preguntó con un susurro.

—No te escaparás de nuevo cuando te quedes dormida, ¿no?

—Claro que no.

CAPÍTULO 4

L ESLIE

Me despertó el calor de nuestros cuerpos; y comprobé aliviada que aún era de noche. ¿Cuánto habíamos dormido? ¿Una hora? Billy me rodeaba con sus brazos, y roncaba suavemente junto a mi oído; nuestras respiraciones estaban del todo acompasadas.

Había sido yo quien se había desplazado sobre el colchón durante la escasa hora de sueño. Había girado sobre la cama, inconsciente, hasta acomodarme bajo su pecho y debía decidir si volvía a concederle aquel espacio. Los dos estábamos en el lado derecho de la cama.

En ese momento, su brazo, que caía como un peso inerte sobre el mío, se desplazó hacia mi cintura. ¿Estaba Billy despierto?

Por los resquicios de la madera se colaban los sonidos nocturnos del bosque, alguna lechuza, algún grillo o cualquier otra bestia que rondase nuestro refugio. Escuche con atención, pero solo podía concentrarme en su respiración, que había variado ligeramente, y en aquella mano.

Deseaba con todo mi ser que despertase del letargo y empezara a acariciarme y a apretar mi carne sin remilgos. En aquella posición tan íntima era imposible que un Billy consciente no reaccionase. Me abrazaba como si llevásemos siglos juntos.

A CINCO MINUTOS DEL GUARDABOSQUES

Me desplacé unos centímetros más hacia él. Noté el bulto duro en mi trasero y eso hizo que me encendiese aún más. Toqué su mano para que se activara, y entonces revisé mi propia consciencia. ¿Estaba despierta? ¿Qué pasaría si volvía a caminar dormida, si abandonaba aquella cama y me perdía de nuevo en el bosque?

Entonces la mano izquierda de Billy se desplazó unos centímetros hacia arriba y yo ya esperaba acontecimientos con una humedad cada vez más incontrolable instalada entre mis piernas. Me moví un poco. Necesitaba que supiera que estaba despierta y que ansiaba ser acariciada. Que sus dedos se perdieran ya entre mis nalgas y que penetrasen mi cuerpo. Estaba encendida y preparada para él.

Tras unos segundos en los que su mano se detuvo y ambos contuvimos la respiración, pensé que allí había acabado nuestro contacto íntimo. Pero yo ya no estaba dispuesta a regresar al campamento sin que aquel atractivo guardabosques me follase; sin que terminase de curar todas las heridas. Apreté mi espalda contra su pecho y acaricié su antebrazo. Y esa fue la luz verde que Billy necesitaba para empezar a jugar con mi pezón.

—Billy...—susurré—. ¿Estás despierto?

Él no contestó.

Volqué un poco más mi cuerpo para que pudiese acceder a ambos pechos; cosa que él hizo al instante, pero aquello no era suficiente. En absoluto. Necesitaba sus dedos entre mis piernas de inmediato. Solo tenía que alargar mi mano y empezar a acariciar su polla. Estiré las piernas y comprobé que él se había quitado el pantalón del pijama y que solo la fina tela del calzoncillo me separaba de aquella enormidad. Moví un poco el culo sobre su polla, esperando que reaccionase.

Fue entonces cuando sus dedos bajaron hasta donde yo quería y se perdieron dentro del pantalón prestado. Ninguno de los dos quería hablar, solo necesitábamos obedecer a aquella irresistible pulsión que nos quemaba.

Noté cómo sus dedos hurgaban en mis braguitas empapadas y luchaban por apartarlas de su camino. Ahí no pude seguir disimulando, abrí las piernas para facilitarle el acceso a mi intimidad mojada y en cuanto uno de sus dedos rugosos me penetró ya no pude seguir callada. Nada podía parar el sexo animal y primario que ambos necesitábamos y deseábamos. Mi parte consciente me dijo que nunca iba a volver al hombre que me había rescatado en mitad de la noche, que me había salvado de mi peligrosa inconsciencia. Podía desatarme y entregarme a un sexo sucio; que era lo único que me apetecía en aquel instante.

Gemí de puro placer con cada embestida de su dedo, de sus dos dedos, en cuanto él comprobó que aquello me estaba volviendo loca.

—¿Te gusta? —preguntó—. Lo estabas deseando, ¿verdad?

A CINCO MINUTOS DEL GUARDABOSQUES

BILLY

El ángel rubio y nocturno estaba entre mis brazos, completamente entregada y excitada, con su culo pegado a mi polla, rogándome con cada poro de su piel que le diese lo que tanto ansiaba. ¿Y quién era yo para negarle nada? Yo no había conseguido dormirme en ningún momento. Estaba en guardia por si trataba de abandonarme, por si caminaba de nuevo dormida y se perdía entre los árboles.

En ese rato fantaseaba sobre cómo sería tenerla siempre a mi lado; sobre cómo aquella chica era una razón más que suficiente para volver a la ciudad. Y cuando vi el deseo que nacía de su piel; todos aquellos pensamientos se elevaron a la enésima potencia.

Poder jugar con sus generosos pechos y que ella recibiese mis caricias y mi boca fue un regalo inesperado que, por supuesto, no iba a dejar escapar. Me recreé en el tacto de su interior, en cómo su carne deseosa se cerraba alrededor de mis dos dedos, aprisionándolos. Su respiración empezaba a acelerarse demasiado pero no quería que ella llegase aún hasta el final.

—Espera. Espera, por favor —le dije en el oído.

Aún me daba la espalda, todavía no podía estudiar cada uno de sus gestos de placer. Me deshice de mis calzoncillos y bajé ansioso los pantalones que le había ofrecido. Encajé mi polla entre sus nalgas, permitiendo que creciese aún más. Saqué el dedo de su coño y lo acerqué a sus labios. Leslie no dudo ni un segundo, se lo metió en la boca y empezó a saborear sus propios jugos.

Levantó la pierna y su hueco se ensanchó, ofreciéndome pleno acceso a su interior. Aquella chica quería, necesitaba ser colmada cuanto antes. Deslizó su mano sobre mi cadera, aún sin girarse, y trató de acercarse aún más. Quería encajar conmigo.

Dirigí mi polla entre sus pliegues íntimos y la lubriqué con su pegajosa humedad. No pudo resistirse. La agarró por la base y la apuntó hacia su interior, dejándome muy claro que necesitaba ser penetrada de inmediato.

—Billy, por favor...no aguanto más. Te necesito dentro. Ahora.

Fue todo cuanto yo necesitaba oír. Ansiaba sus instrucciones. Para mí no había nada más sexy que una mujer dueña de su propio deseo. Me hundí en ella hasta el fondo y un grito se escapó de nuestras gargantas, al unísono. Fue entonces cuando Leslie se incorporó y apoyó sus manos en la pared de madera, ofreciéndome su trasero y su espalda.

Empujé las sábanas que nos tapaban y volqué mi cuerpo sobre su espalda. En comparación conmigo, era pequeña y ligera. Vi las pequeñas heridas de sus pies, de un color rojo brillante, pero que ya empezaban a cicatrizar. Quería curarla una y otra vez, y quería que se estremeciese tal y como lo estaba haciendo en ese momento al ser empalada sin ningún tipo de compasión.

Una y otra vez.

Todas las noches que nos quedasen sobre este planeta.

Cuando el calor se hizo demasiado intenso, me di cuenta de que ambos llevábamos un buen rato gritando como los animales del bosque. Nos habíamos dejado ir por completo. Me acerqué a su oído, sin apenas aliento.

—Sigue gritando, Leslie. Quiero que te oigan todas las criaturas de Shernoid cuando te corras.

Ninguno de los dos pudo aguantar mucho más. Ella echó su melena hacia atrás, empapada en sudor y yo aproveché un mejor acceso para apartar su mano del clítoris y ocuparlo con la mía. Con mis movimientos duros y acompasados, el ángel sonámbulo profirió su último grito. Me vacié entre sus nalgas y justo después se desplomó sobre el colchón, totalmente exhausta.

CAPÍTULO 5

L ESLIE

Aquello no acabó con mi grito animal. Por supuesto que no. Billy y yo vimos cómo el amanecer se colaba por la ventana empañada y no volvimos a dormirnos. No podíamos hacer otra cosa que saciarnos el uno del otro; y yo ya no podía pensar en ningún otro lugar donde estar que no fuese en aquella cama, enredada entre aquellos brazos.

En esas horas de penumbra me olvidé de mi vida real, de los amigos que había dejado en el campamento y que a lo mejor empezaban a preocuparse por mí. Tal vez me buscaban ya, y yo seguía descalza, desnuda, con la rodilla vendada; gritando por el indescriptible placer que me estaba proporcionando el hombre de la montaña.

Me dijo muchas cosas al oído entre polvo y polvo. Me dijo que ya casi no recordaba el olor y el sabor de una mujer, que a partir de ese momento no iba a poder subsistir sin aquella intimidad que habíamos creado.

También me dijo que no podía creer que aquellas confesiones estuviesen brotando de sus labios. Que nos acabábamos de encontrar, que todo había sucedido a la velocidad de la luz, pero que las cosas en Shernoid tenían su propio ritmo y su propia lógica.

¿Estaba entendiendo yo lo que quería decirme? ¿Lo creía? ¿Creía en aquel desconocido? ¿O ya no era un desconocido? Billy me reclamaba para sí. Ponía en evidencia el vínculo que existía entre nosotros y pensaba genuinamente que era indestructible.

—Voy a asegurarme de que no te volverás a poner en peligro —me dijo mientras me enterraba de nuevo bajo las sábanas—. Si te abrazo todas las noches ya no caminarás dormida.

Me derretí un poco más en ese instante, porque ningún hombre había sido jamás tan certero ni me había hablado con tanta calma y seguridad después de lo que habíamos hecho.

—¿Qué vamos a hacer, Billy? Regresamos esta tarde a la ciudad. Imagino que tú has de trabajar...

—Iré a verte, por supuesto. Solo si tú también quieres, claro. Puede ser un verano largo, pero a finales de septiembre regreso a la ciudad. Acaba mi contrato de seis meses. Normalmente solo estoy en Shernoid de abril a septiembre. Ojalá pudieses venir unos días...

¿Unas vacaciones en el bosque, con Billy? ¿Leyendo y paseando mientras él trabajaba? ¿Había un plan mejor, o estaba tejiendo una fantasía irrealizable a la velocidad de la luz?

Le sonreí. Me gustaban todas las palabras que pronunciaba.

—La cama es lo mejor de esta choza —dijo—. Esta cabaña no es digna de tu presencia. Ya has visto que ni siquiera tengo un sofá. Pero mi amigo Connor, el leñador, vive junto a una cabaña que está vacía casi todo el tiempo. Él apenas está en la suya, de hecho. Se ha construido una casa gigantesca y ahora vive allí con su novia. Esperan un bebé. Puedo hablar con el propietario y alquilar la cabaña próxima este verano, o al menos durante un tiempo.

—Suena perfecto, Billy.

Creo que ninguno de los dos podía creerse cómo nuestras ensoñaciones se convertían en planes y empezaban a encajar como un puzzle perfecto.

—Lo único que sé es que quiero conocerte más, Leslie. Esto no puede quedarse en una noche.

Me estremecí y noté cómo su pene reaccionaba de nuevo bajo mi mano. En pocos minutos nuestros cuerpos estaban de nuevo entregados el uno al otro. Y de nuevo, los gritos de desesperado deseo. Grité como nunca mientras el guardabosques me inundaba de nuevo.

Fue entonces cuando oímos los golpes. El sol ya entraba en la pequeña habitación a raudales y se esparcía sobre las sábanas blancas. Alguien llamaba a la puerta de la cabaña. Oí mi nombre pronunciado con claridad. *¿Leslie? ¡Leslie!*, sonaba entre llamada y llamada sobre la madera. Reconocí la voz de Rebecca.

—¿Son tus amigos?

Asentí, y sin embargo me veía incapaz de responder a esa llamada. Estaba de nuevo desnuda entre sus brazos. Mi melena rubia convertida en un nido y todo mi cuerpo enrojecido e impregnado del olor del sexo. Obviamente no podía salir así a encontrarme con ellos porque no quería que me viesen en aquel estado crudo y vulnerable. Le pedí con un gesto a Billy que se mantuviera en silencio.

—No estoy preparada para verlos ahora —le dije.

—Entiendo, pero...deben estar preocupados. Si quieres puedo ir yo.

Me agarré a él. Quería guardarme lo que había sucedido entre nosotros. Al menos por ahora. No habría problema si solo se tratase de Rebecca. Ella y yo teníamos una relación estrecha y de plena confianza. Mi amiga había entendido a la primera la atracción que sentí por el guardabosques el día anterior. Pero el resto... no estoy tan segura. Era un grupo con el que salíamos de vez en cuando. Siete en total. A tres de ellos no los conocía demasiado. Amigos de amigos o parejas.

Oímos cómo las voces rodeaban la cabaña. Alguien dijo: *Ese grito era suyo. Era Leslie. Estoy convencida.*

—Oh, dios.

Tierra trágame, pensé. Mi pequeña aventura nocturna estaba a punto de ser descubierta, y no me apetecía que aquello trascendiese más de lo estrictamente necesario.

Billy me besó.

—No te preocupes. En cuanto se alejen podemos salir y te acompaño hasta el campamento.

—¿Crees que podría darme una ducha primero?

Él se rio.

—¿Una ducha, Leslie? ¿No te has dado cuenta de que aquí no hay baño? Puedo darte una toalla limpia y sujetar la manguera que hay en el exterior y que conecta con el depósito de agua. Pero está fría, te lo advierto.

¿Manguera? ¿Agua fría? Y no quise preguntar para no terminar de horrorizarme, pero imaginé que allí tampoco había un retrete. Como si me leyese la mente, Billy resolvió el resto de mis dudas.

—Estamos en plena naturaleza, chica de ciudad. Puedes esconderte entre los árboles. Yo te acompaño.

—Oh, no será necesario. ¿Nos levantamos?

—¿Tienes hambre? ¿Qué te parece si preparo algo de desayuno y salimos a buscar a tus amigos? No me gustaría que se perdieran en el bosque. De hecho apuesto cualquier cosa a que pronto necesitarán al guardabosques para ayudarles a localizar a su amiga extraviada.

Al cabo de un rato nos levantamos. Deambulamos por el pequeño salón de la cabaña en silencio, como fantasmas exhaustos, incapaces de apartar las manos el uno del otro. Billy insistió en revisar el estado de mis heridas. Apenas las sentía, tenían un mucho mejor aspecto.

Hacía calor. Billy puso una cafetera en el fuego y me ofreció un pantalón corto. Cuando me estaba cambiando volvieron a llamar a la puerta. Lo miré con una expresión interrogante y me acerqué a él. De nuevo, llamaron a la puerta, tras unos instantes de silencio.

Me acerqué a él y bajé el tono de mi voz hasta convertirla casi en un susurro.

—¿Sueles recibir muchas visitas? —le pregunté.

—¿Tú qué crees? Por supuesto que no.

El rostro de Billy se había ensombrecido.

—No podemos seguir escondiéndonos, Leslie —murmuró—. Nos tomamos un café y me acerco a vuestro campamento a buscar tus zapatillas, ¿de acuerdo?

Volvieron a llamar, esta vez con más energía. Quien quiera que fuese no se iba a marchar tan fácilmente.

Entonces oímos una voz firme y desconocida al otro lado de la puerta:

—Policía, ¿puede abrir la puerta?

CAPÍTULO 6

BILLY

Leslie y yo nos acercamos a la puerta al mismo tiempo. ¿Qué demonios pasaba ahí fuera? Estiré el brazo de manera instintiva para protegerla y que se mantuviera detrás de mí. Agarré el pomo y abrí. Nos encontramos con demasiada gente. De repente una pequeña multitud era testigo del mundo que habíamos creado en pocas horas, dentro de la cabaña del guardabosques.

—¿Billy Kudrup?

Dos agentes me miraban desde el porche con cara de malas pulgas.

—Soy yo. ¿Se puede saber qué sucede?

—Buscamos a la señorita Leslie...

Una voz femenina terminó la frase a sus espaldas. Era una chica joven, una de las excursionistas que acompañaba a Leslie el día anterior.

—...Leslie Rourke.

Ella dio un paso al frente.

—Soy yo, agente. ¿Qué está pasando? ¿Rebecca, qué es todo esto?

Los policías bajaron la mirada y observaron sus rasguños y rodilla vendada. En mi cabaña no hay espejos. Leslie no había podido ver la herida que cruzaba su frente, fruto de alguna caída nocturna. Yo no le había dicho nada al respecto para que no se asustase. Incluso lastimada por las ramas y el terreno abrupto no perdía ni un ápice de su belleza.

Su amiga se adelantó y la abrazó. Al fondo, un grupo de chicos contemplaba la escena y susurraba algo que no podíamos oír.

—¿Estás bien? ¿Te ha hecho algo?

—¿Qué?

—Señor Kudrup, esperamos que tenga una buena explicación para lo sucedido. Tendremos que hablar con usted.

Leslie me miró con pinta de no entender absolutamente nada de lo que estaba sucediendo.

—Un momento, un momento. ¿Qué está pasando aquí? Billy me ha ayudado. Me perdí en el bosque en plena noche y llegué hasta aquí como pude. He pasado la noche aquí.

Rebecca la miró alucinada.

—¿Cómo que te perdiste? Leslie, hemos oído los gritos. Llevábamos un buen rato buscándote. Pensábamos que te había... secuestrado —dijo, mirándome de reojo, sin esconder cierto temor.

Ella y yo nos miramos, completamente avergonzados. Aquello no podía estar pasando. No sabía si reír y llorar, y por la reticencia de Leslie a la hora de salir al encuentro con sus amigos cuando habían llamado a la puerta por primera vez, tal vez lo mejor era no meterme en aquella conversación.

Pero mi ángel rubio empezaba a estar visiblemente cabreada.

—No me ha pasado nada, Rebs. He vuelto a caminar dormida esta noche, eso es todo.

Rebecca la miró sin poder articular palabra. Primero a ella, y después a mí, y pareció entender todo lo que había sucedido. Por qué sus heridas estaban curadas. Por qué no había regresado al campamento al amanecer. Su amiga llevaba unas zapatillas de deporte en las manos.

—Nos asustamos al ver que todas tus pertenencias estaban en la tienda y que no regresabas, incluidas las zapatillas. Eso es todo.

Leslie se las arrancó de las manos y se sentó en el primer escalón del porche para calzarse. Habían arruinado nuestro desayuno y ni siquiera íbamos a poder despedirnos debidamente.

—¿Nos asegura que está bien, entonces? —preguntó el segundo agente de policía, que se había mantenido en un discreto segundo plano.

—Todo está bien, ya se lo he dicho, agente.

Me encogí de hombros.

—Y ahora, si nos permiten...

—No tan rápido, Kudrup. Hemos de hablar con usted.

En aquel momento observé cómo Leslie se levantaba, muy enfadada, y se marchaba por el sendero en dirección al campamento.

Sus amigos salieron corriendo detrás de ella. Aquella repentina velocidad no era lo ideal para las heridas de sus pies.

Salí al porche con la taza de café entre las manos.

—¡Leslie! —grité.

Pero ya no me oía, ya se había escurrido de mi vida y había convertido la noche que habíamos pasado juntos en un recuerdo mitológico. Los agentes me miraron, perplejos. Me senté en la barandilla de madera, di un sorbo a mi café y los observé.

—No entiendo a qué viene todo esto. Creo que está muy claro lo que ha pasado.

—¿Una sonámbula? —preguntó el agente Clayton. No me había dicho su nombre, pero eso era lo que rezaba la placa clavada sobre su camisa.

—Así es. Llegó a mi casa en mitad de la noche, sobre las cuatro de la madrugada. Descalza y con heridas en las piernas. Me contó que a veces caminaba cuando dormía y que le había sucedido mientras estaba en el campamento con sus amigos. Estaba desorientada y no sabía regresar.

—De manera que usted la invitó a pasar la noche con usted.

—Exacto. Y le curé la herida de la pierna.

—Sus amigos estaban preocupados. Nos dijeron que usted observó con bastante atención a la señorita Leslie en un breve encuentro ayer en el Centro de Excursionistas. Y desde luego, todo el asunto de los gritos no ayudaba a...

Empezaba a cabrearme. Tenía que deshacerme de aquellos dos de inmediato.

—¿Usted nunca ha hecho gritar de placer a una mujer, agente Clayton? Y ahora si me disculpan, he de empezar a trabajar. Imagino que tendrán cosas importantes de las que ocuparse.

Me levanté y los dos polis parecieron, por fin, darse por aludidos. Se retiraron sin decir nada más. A toda velocidad, me di una ducha con la manguera y después me puse una camiseta y unas zapatillas de deporte. Corrí hasta el campamento donde estaban Leslie y sus amigos. Cinco minutos a paso rápido, tres corriendo.

Cuando llegué estaba desierto. Las tiendas de campaña seguían allí, pero estaban completamente vacías.

LESLIE

Rebecca y yo caminábamos unos pasos por detrás del grupo. Habían insistido en hacer una última excursión para encontrar a la Madre Sequoia de Shernoid, el árbol milenario de la región. En el Centro de Excursionistas, el día anterior, nos habían proporcionado instrucciones muy detalladas de cómo llegar hasta allí; pero la realidad era que en aquellos momentos no había nada más alejado de mi voluntad.

En primer lugar, porque aún estaba algo dolorida. No estaba segura de que una caminata de una hora; más otra de vuelta, fuese lo mejor para mis sufridos pies. En segundo lugar, porque ya no me interesaba tanto la Madre Sequoia, especialmente desde que no iba a tener el mejor guía posible. Quería visitar aquel espectáculo de la naturaleza en compañía de Billy.

Rebecca se rio de repente, como si alguna de sus atolondradas ideas le hubiese hecho gracia. Y después de lo que había pasado aquella mañana, tenía una ligera idea del motivo de su risa.

—¿No va a contarme de qué te ríes? —le pregunté.

—De todo, Leslie. Ahora estás cabreada, pero sabes muy bien que dentro de unos días nos estaremos riendo de todo este asunto y espero que por fin te dignes a contarme todo lo que ha pasado entre el guardabosques y tú.

—No sé si eres digna de esa información privilegiada.

—Oh, venga ya. ¿Cuánto tiempo hacía que no te gustaba alguien, Les? Porque cuando os he visto juntos, despeinados y con pintas de haberos pasado horas revolcándoos en la cama, me ha quedado claro que esto no ha sido una aventura pasajera. ¿O sí?

Me quedé en silencio. No esperaba escuchar aquella opinión, la verdad.

—Entonces, te gusta en serio, ¿no?

Asentí. ¿Cómo iba a negarlo? ¿Para qué iba a mentir a mi mejor amiga?

Rebecca continuó con su discurso:

—Leslie, siento mucho no haber recordado lo del sonambulismo. No se me ocurrió. Vi que tus cosas estaban allí y te esperamos un buen rato para desayunar. No conseguíamos encontrarte por ninguna parte. Siento haber interrumpido...bueno, lo que fuese que estabais haciendo.

—Un simple desayuno, Rebecca.

—No te has despedido de él.

—Lo sé.

—Ve a verlo. Ahora. Yo te cubro. Nos encontramos en un par de horas en el campamento.

—¿De verdad no te importa? —pregunté.

—Claro, tonta. Tú harías exactamente lo mismo por mí, ¿no?

Apenas habíamos ascendido por la montaña durante veinte minutos. Sin decir nada más al resto del grupo, me despedí discretamente de Rebecca y emprendí el camino de regreso. Después de dar algunas vueltas logré encontrar el sendero que llegaba hasta la cabaña de Billy. Cuando llegué llamé de nuevo a la puerta, esta vez plenamente consciente de mis actos. Sobre la barandilla de madera del porche estaba la misma taza de café vacía que él había sacado del armario esa misma mañana.

Aunque allí no había nadie.

CAPÍTULO 7

L ESLIE
—¿No podemos esperar un rato más? —pregunté.

Sheila, Max y Mila ya se habían subido en uno de los coches. Rebecca y yo esperábamos de pie junto al Toyota de Bob.

Hacía una hora que habíamos levantado el campamento, eran casi las siete de la tarde y seguía sin encontrar a Billy. Había vuelto en dos ocasiones a su cabaña mientras mis amigos iban y volvían por la ruta de la Madre Sequoia. La explicación oficial que Rebecca les había dado era que mis pobres pies aún no estaban en condiciones de soportar una caminata y que los esperaría en el campamento. Lo cual era totalmente cierto.

La cuestión era que Billy tenía que trabajar. No sabía exactamente qué tenía que hacer ese día, por dónde estaría. Y yo no estaba en las condiciones idóneas para explorar la montaña de Shernoid por mi cuenta. Había pensado en dejarle una carta manuscrita en la cabaña. Por si acaso. Pero después me negué sistemáticamente a regresar a la ciudad sin hablar con él. Aunque tuviese que quedarme sola.

No era posible.

No después de todo lo que nos habíamos dicho.

Después de lo que él me había dicho.

Esperé acontecimientos sentada sobre las raíces de una gigantesca sequoia. Mis amigos estaban de regreso, pero ni rastro de Billy. Empezamos a recoger nuestras cosas en silencio.

REBECCA SE ACERCÓ A mí. Tenía las mejillas y los hombros enrojecidos por el sol. Mi amiga no había usado suficiente protección solar; y al día siguiente probablemente lo lamentaría. Eso no le habría pasado si yo la hubiese acompañado en la excursión.

Suspiró y me miró.

—Leslie. Tenemos que irnos. Son dos horas de trayecto hasta la ciudad y Bob y yo hemos de trabajar mañana...¿Qué quieres hacer? ¿Me acerco a su cabaña? Podemos dejarle una nota y...

Yo solo tenía ganas de ponerme a llorar.

—No sé. No lo sé, Rebecca. No tengo la menor idea de dónde se ha metido.

—¿Le dijiste la hora a la que nos íbamos?

Negué con la cabeza.

—No concreté. Creo que le dije que nos íbamos a última hora de la tarde.

Rebecca miró por enésima vez su reloj de pulsera, como si ese simple gesto pudiese convencerme de que subiese al coche de una condenada vez.

—Les, no sé. ¿Ha desaparecido? ¿Todo el día? No sé qué pensar...

—Sí lo sabes, y yo también lo sé. No hace falta que me lo digas; ya me lo digo yo misma: que todo ha sido un espejismo. Que todo lo que me dijo fue producto del desenfreno del momento. Que me quede con el recuerdo de esa noche y que vuelva a la realidad. Que todo se me habrá olvidado en un par de días.

A CINCO MINUTOS DEL GUARDABOSQUES

Rebecca me miró con cara de pena.

—Lo siento mucho, Leslie.

Respiré hondo. Tenía razón. Apenas habíamos estado juntos unas horas. Y ninguno de los dos podía negar que la conexión había sido intensa, pero era hora de regresar a la realidad.

—Vámonos de aquí —dije entonces—.

Abrí la puerta trasera del coche y me derrumbé sobre el asiento.

BILLY

Había bajado a toda prisa desde los Altos de Shernoid, en la cara norte de la montaña. A media mañana recibí una llamada de Connor a través de los *walkie-talkies* que nos mantenían en contacto —la cobertura era casi inexistente allí y nuestros teléfonos móviles apenas funcionaban—. Lo único que me dijo fue lo suficientemente alarmante como para subir hasta allí y ayudarle a encontrar el bicho.

—Hay un jabalí fuera de control —me dijo—. Se ha acercado demasiado a Evie.

Su novia tenía un curioso imán para los jabalíes. Pero estaba embarazada y Connor mantenía una férrea protección a su alrededor las veinticuatro horas del día. Como debía ser.

Estuve casi todo el día con mi amigo el leñador tratando de localizar al jabalí sin éxito, y a eso de las cinco de la tarde emprendí el camino de vuelta. Lo retomaríamos al día siguiente. Pasé primero por la cabaña para cambiarme de ropa y después iría al campamento para ver a Leslie y comprobar que sus heridas seguían curándose.

La vi atada a la barandilla de madera del porche de mi cabaña. La camisa de cuadros que le había prestado la noche anterior, la misma que le había arrancado bajo las sábanas, estaba allí anudada, como la bandera que simbolizaba nuestra despedida. Me asusté. Traté de hacer memoria. ¿A qué hora había dicho que se marchaba?

Salí corriendo hasta el campamento.

Cuando llegué los dos coches ya avanzaban por la pendiente, abandonando los claros del bosque. ¿Cómo podía haber sido tan idiota? Grité desesperado.

—¡Leslie! ¡¡¡¡¡Leslie!!!!!

El coche no se detuvo. Corrí como si me fuera la vida en ello hasta que alcancé la ventanilla trasera.

La golpeé y entreví en el asiento trasero el rostro lloroso del ángel rubio. Aquello me atravesó.

—¡Para, por favor! —dijo ella.

El conductor detuvo por fin el coche. Abrí la puerta, dispuesto a todo para recuperarla.

Ella saltó a mis brazos.

—Fui a verte —me dijo—. A devolverte la camisa.

Su sonrisa triste me conmovió.

La abracé con fuerza, enterrando mi rostro en su melena.

—¿La camisa? ¿No querías despedirte de mí?

—Es que no quiero despedirme de ti, Billy.

—Ni yo. Yo tampoco, Les.

Nos besamos. Retiré las lágrimas negras de su rostro con las yemas de mis dedos.

—Entonces —le dije—, ¿crees que si vuelvo a la cabaña y recupero la camisa encontraré allí una nota con tu número de teléfono?

Leslie se rio, a pesar de las nuevas lágrimas que caían de sus ojos.

—¿Tú qué crees, Billy Kudrup?

—Solo espero que así sea. Ya sabes lo que quiero, ¿no?

—Qué.

—Abrazarte por las noches para evitar que camines dormida.

EPÍLOGO

Siete meses después...
   LESLIE

Billy aparcó el coche frente a la casa de mis padres. La nieve nos había dado un respiro; y aunque ninguno de los dos siente una especial pasión por la Navidad, yo no tenía forma alguna de librarme de la tradicional comida familiar.

Ese año, sin embargo, iba a ser muy especial, ya que era la primera vez que asistiría acompañada. Billy, mi guardabosques, iba a conocer al fin a toda mi familia, después de casi dos meses viviendo juntos.

—¿Cómo estoy? —me preguntó, mientras observaba su rostro en el espejo retrovisor.

Estaba nervioso. Dejé un momento la tarta Sacher que había comprado para mi madre en el asiento trasero y me incliné sobre él para besarlo.

—Guapísimo, como siempre. ¿Y yo?

—Tú estás espectacular.

Me llamaba "su ángel rubio" y a pesar de que a veces me reía y le decía que era un poco redundante porque todos los ángeles suelen ser rubios; lo cierto era que me encantaba. Billy me daba un golpecito en el hombro y me decía que "por supuesto que NO todos los ángeles son rubios".

Volvió a besarme, recreándose un poco más de la cuenta en mis labios y salimos del coche. Probablemente me había estropeado un poco el maquillaje, pero me daba exactamente igual. Abrimos el maletero para coger los regalos que habíamos preparado para mis dos sobrinas.

Era feliz, muy feliz. Billy había terminado por fin su tesis y empezaba en enero un nuevo empleo como profesor de Ciencias Ambientales en la Universidad. Se había concentrado al máximo durante el verano y había terminado todo su trabajo en agosto. En septiembre pasé quince días a su lado en la montaña; y él me visitaba en sus días libres. Yo estaba haciendo unos cursos de especialización de Dibujo para convertirme en profesora de Arte en una escuela.

Encontramos un apartamento perfecto a muy buen precio y no nos lo pensamos demasiado. Todo fue rápido, pero en lugar de pararme a pensar y buscar con insistencia dónde estaba el fallo del sistema, nos entregamos nuestros respectivos corazones y, por ahora, el guardabosques sigue guardando a la perfección el mío. Intacto. Espero que para siempre.

¡Ah! Y por si te lo preguntabas, no. No he vuelto a caminar dormida. Los brazos de Billy me rodean todas las noches, tal y como prometió.

A continuación puedes leer los primeros capítulos de mi novela

EL ASUNTO DANVERS

CAPÍTULO 1

Mientras contemplaba el tibio anochecer sobre la City de Londres desde el piso veintiséis de la Torre NatWest, Julian Danvers notó una presencia a su espalda. No le hizo falta contemplar el reflejo en la ventana para saber que se trataba de Susan Laymon, su eficaz secretaria. Parpadeó antes de dar la espalda a la ventana, regresando bruscamente a la realidad. ¿Cuántos minutos llevaba ensimismado, contemplando el ajetreo de la ciudad desde el pasillo acristalado?

—Julian, son casi las nueve de la noche. Creo que me marcho ya...Si no necesitas nada más, quiero decir —dijo Susan, con la voz algo entrecortada, fruto de un reciente catarro.

Contempló su maquillaje y su cabello rubio ceniza recogido en lo alto de la coronilla, impecables desde las nueve de la mañana.

—Por supuesto, Susan. Siento mucho que el día se haya alargado. ¿Sabes si ya está aquí mi cena?

La secretaria lo observó atónita. Hacía un buen rato que había llegado la comida, encargada a través de una app a Solomon's, uno de los restaurantes favoritos de Julian. Echó un vistazo a su mesa. Ni siquiera se había molestado en sacarla de la bolsa de papel. O tal vez no la había oído cuando le avisó de que la cena ya estaba sobre la mesa de su despacho.

Julian contempló el mínimo gesto de decepción en su boca y el sutil juego de miradas. Entendió a la velocidad de la luz todo lo que estaba pasando por la mente de su secretaria. No le gustaba nada que se quedase en las oficinas de Danvers Holdings hasta tan tarde, pero llevaba un par de días consumido por todo aquel asunto del problemático informe para McKinney. Y, en un plano más personal, por la imperiosa necesidad de deshacer de una vez por todas su compromiso con Athena Richardson, su prometida. No podía alargarlo ni un día más. La fecha de aquella boda que nunca tendría lugar se acercaba peligrosamente.

La secretaria, ya con el bolso sobre el hombro y el abrigo en la mano, se encaminó de nuevo hacia su mesa, dispuesta a organizar su cena, pero Julian se adelantó rápidamente.

—No, no te preocupes, Susan. Márchate ya a casa. Yo mismo me ocupo de calentarlo todo en el microondas, faltaría más. Ya te he entretenido demasiado por hoy —le dijo, acompañando la orden con una de las sonrisas a las que recurría para salirse siempre con la suya.

Ella torció el gesto en señal de agradecimiento, pero el cansancio era más que obvio en cada uno de sus movimientos. En su meteórico ascenso como consultor económico siempre había sentido debilidad por las secretarias mayores y experimentadas. Sonrió mientras la veía abandonar la oficina, apagando las luces a su paso y dejándolo en una incierta penumbra. Hacía unos años que Susan había pasado la cincuentena. Técnicamente podría ser su madre —él estaba a punto de cumplir treinta y tres— y sin embargo, después de tres años a su lado, seguía encontrándola atractiva. Pero nunca cruzaría ese límite con ella, a pesar de que a veces su intuición le decía que ella lo miraba de una forma demasiado intensa.

Julian metió los recipientes de cartón de Solomon's en el microondas y esperó a que su cena estuviese de nuevo caliente.

Se rio de su ocurrencia con respecto a Susan. Jamás se le habría pasado por la cabeza tener un lío con una de sus maternales secretarias. Para regocijo de su prometida, Athena, siempre había preferido trabajar con mujeres mucho mayores que él. Su primera asistente, Rachel, apenas se había quedado a su lado seis o siete meses. En cambio con Susan, o con su antecesora, la nórdica Kristiane —ya jubilada— no tendría esos problemas. No sentían ese hambre por escalar profesionalmente, esa voracidad profesional que las obligaba a saltar de un empleo a otro. En su caso, necesitaba a alguien a quien pudiese confiar prácticamente todas sus intimidades.

Athena.

Suspiró, y de repente el dolor de cabeza que había estado atenazándolo durante toda la tarde se manifestó en forma de severo pinchazo en su sien derecha.

Supuestamente todo estaba casi a punto para la boda, pero las cosas habían ido demasiado de prisa entre ellos y ahora sentía la imperiosa necesidad de echar el freno. Se sentía un cerdo por ello, y a cada día que pasaba esa sensación iba en aumento. No solo por el hecho de abandonarla casi a las puertas del altar, sino porque era del todo consciente de que estaba retrasándolo.

La decisión estaba prácticamente tomada desde hacía un mes, y aún no había reunido el valor necesario para decírselo. Para decirle que lo suyo no tenía futuro. Que no estaba preparado para el matrimonio. Aún no. Que sentía que se habían apresurado demasiado, porque apenas hacía dos años que se conocían, y uno que habían empezado a salir formalmente. Que lo de casarse había salido de su boca en un eufórico momento durante sus últimas vacaciones en Ibiza, bajo los efectos del alcohol.

Cualquier excusa serviría. O todas a la vez. Cualquier excusa, excepto la real: que no estaba enamorado de ella. Que no la quería como ella a él. Y que en los últimos meses había algo de su comportamiento que no le encajaba.

Obviamente, eso era lo único que era incapaz de confesar.

El "ding" del microondas lo expulsó de su ensoñación. Sacó los dos recipientes de cartón del microondas y se dirigió de nuevo a su mesa. Realmente no sabía por qué no se había marchado a su recién estrenado apartamento en Newington, o incluso a cenar en Solomon's, en lugar de dar cuenta de aquella triste cena en una oficina gélida y fantasmal. Pero, en el fondo, sabía muy bien el motivo: era miércoles, y los miércoles Athena acudía a su apartamento para pasar la noche con él.

En realidad, sería el momento perfecto para enviar la cena directamente a casa, sentarse a tener esa conversación serena y romper con ella, pero se autoconvenció con una burda excusa: había tenido un día duro en la oficina. Necesitaba una copa antes de regresar a casa. O más bien, tenía que trabajar un rato más en el informe McKinney antes de permitirse el lujo de dormir. Notó cómo se le cerraba el estómago. Allí estaba Julian Danvers, inmóvil, en su enorme mesa de cristal sin saber muy bien qué hacer. Finalmente, agitó el ratón y activó la pantalla de su gigantesco ordenador Mac.

Buscó la aplicación de Facetime y llamó a Athena. Su novia contestó enseguida, como siempre. Allí estaba, esperándolo en su apartamento, cada vez más integrada en su papel de ama de casa del siglo veintiuno. Se aseguró de que la cámara del ordenador recogiera sin posibilidad de duda el lugar en el que se encontraba, su oficina en la torre NatWest.

Ella arrugó la nariz al verlo rodeado de comida y de papeles.

—Ya... ya sé lo que me vas a decir...

—Lo siento mucho, cariño. Aún me queda un buen rato en la oficina. McKinney me matará si no tiene sus previsiones para el próximo año al final de esta semana.

—¿No te espero despierta, entonces?

—Es mejor que descanses... Intentaré no hacer ruido cuando llegue.

Athena esbozó una triste sonrisa.

—Más bien me gustaría todo lo contrario. Que me despertases cuando llegues.

Sabía muy bien por qué Athena lo decía. Ya eran tres miércoles seguidos los que había llegado tarde a casa por "quedarse trabajando hasta bien entrada la noche". Y se había dormido en el enorme sofá del salón, con la excusa de no despertarla. Pero Athena no era idiota. A veces, si veía que podía salir beneficiada, se hacía la tonta, pero no lo era en absoluto. Sabía que algún tipo de conversación seria se cernía sobre ellos. De hecho, hacía días que no le consultaba nada respecto a los preparativos de la boda. Ella también esquivaba el tema, intentando ganar tiempo.

Julian suspiró. La cena, o lo que quedaba de ella, se estaba enfriando de nuevo. La cuestión era que ya no tenía hambre. Insistió, y con ello zanjó la conversación:

—Intentaré no despertarte cuando llegue a casa. Buenas noches, Athena.

No esperó a que ella contestara. Cerró la aplicación y su despacho quedó de nuevo en la penumbra, tan solo iluminado por la carísima lámpara de Tom Dixon que tenía junto al ordenador, la única pieza de diseño que albergaba la majestuosa oficina acristalada con vistas al Támesis.

No podía dejar pasar ni un día más. Mañana desayunaría con su prometida y le diría lo que probablemente ya sospechaba: que la boda quedaba cancelada.

JULIAN REVOLVIÓ CON cierta desgana los deliciosos tallarines Parsley de Solomon's, uno de sus platos favoritos. El mismo que aquella noche era incapaz de terminarse. Lo del informe para McKinney era totalmente cierto, y a pesar de que durante el fin de semana pasado había avanzado bastante, sabía muy bien que "Kinney", como ya se permitía llamar a uno de sus mejores clientes, ni siquiera recordaba la fecha que habían fijado. Si lo llamaba el lunes siguiente para decirle que tenía los datos listos para sus próximas inversiones le contestaría balbuceante que OK; que todo bien, que se lo enviase con un mensajero y que ya le echaría un vistazo. Kinney tenía un problema evidente con el alcohol, y eso, por increíble que parezca, tiene sus ventajas a la hora de estirar las fechas de entrega.

Miró el reloj en la esquina de la pantalla. Eran ya más de las diez. El momento ideal para bajar al pub. ¿Cuál era la última vez que había ido a tomar una pinta él solo? Ni se acordaba. Las pocas veces que bebía era por alguno de los compromisos sociales de Athena, que era relaciones públicas y organizaba eventos en los principales museos de Londres, o porque había quedado con Tommie, Richard, o alguno de sus amigos. Pero cada vez estaban todos más ocupados y les costaba una barbaridad encontrar un hueco para verse. Ese era el alto precio del éxito.

Cogió el teléfono y buscó el último chat que había mantenido con Tommie. Entre Ricky y Tommie, este último era el que más probabilidades tenía de lograr que se despegara del sofá a esas horas de la noche. Tecleó un mensaje a toda prisa:

Salgo a tomar una pinta a Cannon Street.

Sigo con lo de McKinney, pero creo que me merezco un descanso.

¿Te espero en el Fox and Forest? ¿Qué me dices?

Había propuesto aquel pub prácticamente al azar. No lo conocía. Simplemente había abierto el navegador en el ordenador y había hecho una rápida búsqueda en la edición digital de Time Out: pubs en Cannon Street. Prefería no ir a ningún lugar que ya conociese. No quería encontrarse con ningún conocido y sabía muy bien los bares que frecuentaban la gente de NatWest. Quería dar un paseo hasta Bank y, más tarde, marcharse caminando hasta su casa en Newington. Era un agradable paseo por el puente de Southwark. Estaría en casa, en el sur de Londres, en unos cuarenta y cinco minutos. Y no pretendía volver a la oficina esa noche, ni tampoco ir a dormir a una hora en la que Athena pudiese aún estar despierta, así que todo apuntaba a que la velada sería larga.

SALIÓ POR LA PUERTA giratoria del edificio NatWest media hora después. Se había quitado lo que él denominaba el "uniforme de banquero", y se había puesto unos vaqueros negros y una cazadora de piel. Siempre tenía ropa de recambio en la oficina. Julian Danvers no era ningún banquero, faltaría más, pero era lo que todos asumían de la gente que llevaba traje y corbata en la City. Y él odiaba quitarse la corbata y moverse por la vida real con aquel uniforme. Para eso prefería vestirse "como una persona normal", algo que a Athena, por cierto, no le hacía demasiada gracia. Ella se moría por un buen traje de la mejor sastrería de la ciudad.

La neblina londinense lo envolvió en cuanto pisó la calle. Había memorizado exactamente dónde estaba el Fox and Forest. Los pubs de la City se llenaban a eso de las ocho, y pasadas las diez la gran mayoría quedaban semivacíos. Los hombres con traje debían regresar a casa para representar su papel de solícitos padres de familia. Él, sin embargo, había renunciado a eso desde esa misma noche. Y a partir de la mañana del jueves sería un hombre totalmente libre y soltero.

Libre para centrarse en Danvers Holdings. Para viajar a Ibiza con sus amigos. Para acostarse con cuantas mujeres quisiera, sin comprometerse con ninguna. Esos eran sus planes secretos y perfectos, sí.

En sus planes, lógicamente, no estaba conocer a Holly.

Todo puede cambiar en una inofensiva noche de miércoles. Puedes conocer a una mujer que te arrase. Y ella puede ser testigo de algo que cambiará tu vida.

CAPÍTULO 2

Holly Montgomery apoyó la cadera en la nevera donde guardaban las cervezas por primera vez en toda la noche. Estaba agotada, y eso que aún faltaban tres horas para echar el cierre. Un grupo grande de "pingüinos" acaba de salir por la puerta, arremolinándose en la entrada del Fox and Forest y formando un gran escándalo. Clive, el encargado, salió enseguida a la calle para espantarlos.

—¡Malditos pingüinos! —refunfuñó, regresando de nuevo al interior del pub. Sus veladas amenazas habían caído en saco roto ya que no se movieron ni un metro de la puerta. Tendrían que esperar a que se marchasen por sí solos.

Todos los personajes que trabajaban en la City, banqueros, economistas, eran susceptibles de ser catalogados como "pingüinos" por parte de Holly y el resto de camareras del Foxy. Ocasionalmente los veía como personas, pero en su mayoría los catalogaba como ese tipo de gente con la que no se tomaría ni un café. Holly agradeció el respiro y aprovechó para hincarle el diente a una de las mini hamburguesas que Clive les había traído hacía ya un rato.

En realidad aquella noche no le tocaba trabajar en el Fox and Forest, pero estaba cubriendo a Samantha, una de sus compañeras, que se había puesto enferma. Ella era la primera a la que había llamado Clive a la hora de buscar una sustituta de emergencia. Siempre era la primera. Porque, había que reconocerlo, era la mejor. La camarera más rápida, la más eficiente, aquella por la que los clientes siempre preguntaban las noches en las que libraba.

Porque aclarémoslo: Holly era fotógrafa. A sus veintiocho años tenía todo tan claro que daba miedo. Había pasado los últimos cinco años de su vida estudiando fotografía. Al acabar la carrera de derecho, por pura presión familiar, había empezado a trabajar en un bufete de abogados de la City casi de forma instantánea. Solo le bastó un mes para darse cuenta del error que estaba cometiendo. De lo profundamente infeliz que le hacía aquel trabajo. Se dio cuenta, también, de que en ningún momento había disfrutado estudiando derecho. Que lo suyo era las imágenes. La fotografía. Podía pasarse horas y horas en las tiendas de arte, pasando las páginas de los grandes fotógrafos de nuestro tiempo. Nan Goldin, Sebastiao Salgado... Dejar un trabajo seguro y saltar al vacío de esa manera era algo con lo que hacía tiempo que soñaba.

Entonces cumplió los veintiséis y una tarde en la que alguien le plantó tres cajas de informes sobre la mesa sin mediar palabra decidió que había llegado el momento. Tenía algún dinero ahorrado y equipo suficiente para empezar a hacer fotos. Llevaba unos años yendo a clase de fotografía mientras sus compañeros de trabajo se empleaban a fondo en el gimnasio a la salida de la oficina. Solo dos de sus amigas sabían que aquello iba más allá de un simple hobby.

Así que lo hizo. Se lanzó a la piscina. Al día siguiente, antes de arrepentirse y sobre todo antes de contárselo a nadie cuya opinión pudiera hacerla tambalear, se despidió de un trabajo que odiaba. A los dos meses, empezó a trabajar como camarera en el Fox and Forest en las tardes del fin de semana, mientras se ponía las pilas con su portfolio fotográfico. Pronto esos dos días se convirtieron en cuatro. Y muy pronto, sin darse cuenta, habían pasado casi tres años detrás de la barra. Y la cuestión era... que le encantaba.

Le había costado una eternidad que sus padres aceptaran su nueva vida —de hecho su padre le había dejado de hablar durante un tiempo—. Al fin y al cabo habían sido ellos los que habían costeado su carrera de derecho.

Ser camarera en un pub en Londres significa trabajar en un lugar en el que, generalmente, la gente está de buen humor. Generalmente. Pero Holly no había dejado de lado la fotografía, no. Nada de eso...

Ese es otro tema al que volveremos a su debido tiempo, porque, de repente, el universo se había congelado durante unos instantes, coincidiendo con el momento exacto en que Julian Danvers entró por la puerta giratoria del Fox and Forest.

Sarah, una de las camareras que compartía turno con ella esa noche, se abalanzó sobre la barra, dispuesta a atender al guapísimo recién llegado. Era rubio, tenía los ojos azules y esa sonrisa ladeada que en cuanto ves ya sabes que te va a traer problemas y que no deberías... En definitiva, Julian llamaba la atención por varios motivos. El primero, el evidente: era demasiado guapo como para pasar desapercibido. El segundo: no llevaba traje y corbata, por tanto no encajaba con el perfil de cliente del Foxy (es decir, todas las diabólicas almas financieras de la City) y eso nos llevaba al tercer punto. Nunca le habían visto y eso era algo irresistible y muy muy exótico, porque a pesar de ser una calle de Londres con bastante ajetreo, no era en absoluto turística.

Clive chasqueó los dedos en el aire para que Sarah volviera de inmediato a su sitio. Aquella era, indiscutiblemente, la zona de la barra de Holly, y no le gustaba nada que se juntasen a chismorrear y que dejasen desatendida alguna ínfima parte de la superficie del bar. A ambas les encantaba sacar de quicio a Clive, pero aquel día no estaba del mejor humor.

Sarah remoloneó durante unos segundos antes de acercarse a Holly y susurrarle al oído: *menuda suerte, cabrona. Siempre van a tu lado.*

Era una suerte, sí. El guapo-no-pingüino recién llegado se dirigió sin dudarlo ni un segundo al lado izquierdo de la barra, flanqueado por Holly. Ella sabía, no obstante, que su presencia tenía con toda probabilidad poco que ver en el sitio de la barra que escogiese. Simplemente su lado estaba más cerca de los ventanales y si aquel macizo había quedado con alguna chica en la barra del Foxy, era más que probable que quisiera ver su llegada. Mientras buscaba la balleta para limpiar la barra, echó un vistazo disimulado a su reloj.

Eran las diez y media pasadas de la noche. No solo era bastante tarde para una cita de Tinder o algo similar, sino que el hecho de que él no llegase a una hora "en punto" le hacía pensar que tal vez viniese...solo. Que no hubiese quedado con nadie.

Holly se sintió intimidada por su mirada penetrante, que ya la estaba interpelando. Se sintió también legitimada para sonreírle. ¿No es eso lo que hacen las buenas camareras, aunque ella no trabajase por propinas?

Se acercó a él, y de repente sintió cómo cierta timidez la atenazaba. Qué extraño. Ella no era tímida, en absoluto. Tal vez algo introvertida pero ¿tímida? No. Jamás.

—Buenas noches. ¿Qué vas a tomar?

Él tardó unos segundos más de la cuenta en contestar, teniendo en cuenta que sabía muy bien lo que le apetecía. Se recreó durante unos instantes en la sensual boca de Holly Montgomery. Aún no conocía su nombre, pero no estaba dispuesto a perder mucho tiempo en averiguarlo.

—Una pinta de cerveza, por favor.

Holly asintió, y se dio la vuelta rápidamente para alcanzar un vaso, y para que él no percibiese lo colorada que se había puesto de repente. Algo dentro de ella se había encendido y había elevado su temperatura, cosa que la inquietaba, porque había sucedido en décimas de segundo. Cogió el vaso y lo puso bajo el surtidor de cerveza más cercano mientras reconocía extrañada la serpiente nerviosa que recorría su estómago.

Plantó la cerveza sobre uno de los elegantes posavasos con el logo del Fox and Forest.

—Gracias —murmuró él. De repente había fijado los ojos en la pantalla de su móvil, con un gesto contrariado.

—¿Malas noticias? —preguntó Holly. En ese instante sentía la adrenalina ante la respuesta incierta, algo que jamás le había pasado con ninguno de los clientes habituales del pub.

Él levantó la vista y recuperó al momento la sonrisa ladeada.

—Parece que la gente no está por la labor de disfrutar de una cerveza improvisada en una noche de martes...

—¿Te han dado plantón?

—Nah. Esta noche me había quedado trabajando hasta tarde y pensé que era una buena idea proponerle a un amigo al que hace tiempo que no veo que se tomase algo conmigo. Pero me ha contestado ahora. Está liado. Todos estamos liados...

—¿Trabajas en la City?

—Sí. En la NatWest.

Eso desconcertó a Holly. Aquel chico con pintas de motero no parecía uno de ellos. Ni de lejos.

—Oh...¿finanzas, entonces?

Él se rio, al tiempo que asentía.

—Soy consultor, tengo mi propia empresa. Pareces decepcionada.

—Bueno, no pareces un... —se cortó antes de pronunciar la palabra en clave, "pingüino". Y pese a todo, no, no estaba decepcionada —. Quiero decir, todos los financieros de la City que pasan por aquí vienen uniformados.

Él se rio otra vez. Le encantaba cuando una conversación con una mujer a la que no conocía de nada se convertía en un reto.

—¿Juzgándome por mi atuendo, señorita...?

—Holly.

—No estaba preguntando tu nombre, al menos aún no. Era solo una pausa dramática.

Ella se quedó a cuadros. ¿Podía además de guapo y medianamente listo, ser un borde rematado?

—Pareces demasiado joven como para caer en esos clichés anticuados —repuso él—. Lo del traje, quiero decir.

No estaba segura de si le estaba tomando el pelo, si estaba tan aburrido que la había convertido en su entretenimiento de aquella noche porque no podía tomarse su cerveza en soledad. Si no fuera porque Clive estaba ocioso, sentado en una de las mesas del fondo y observando el panorama, Holly se hubiese acercado a Sarah para chismorrear un rato. Por desgracia en aquellos momentos tampoco había otros clientes cerca de ella para ocupar su atención y sus manos. Dio dos pasos atrás y se apoyó en una de las neveras, lanzando una mirada panorámica por el bar. El guapo impertinente volvió a interpelarla.

—Holly.

Observó su cerveza. Ni de lejos se la había terminado.

—¿Sí?

—Yo soy Julian. Julian Danvers. Y para tu información... sí, suelo llevar traje con corbata. Pero prefiero cambiarme si salgo a tomar algo a un pub.

Ella arqueó una ceja.

—No he preguntado tu nombre.

Él sonrió.

—Lo siento si he sonado borde antes.

Tarde, Julian Danvers. Holly no estaba dispuesta a dejar pasar la oportunidad de tomarse su revancha.

—¿Eres de esos que se presenta con su nombre y apellido? ¿Es para que te busque en Google?

Claramente estaban entrando en las pantanosas aguas del flirteo.

—No. Es solo una vieja costumbre familiar. Pero a lo mejor, si decides investigar un poco, encontrarías datos interesantes.

Holly se sacó el móvil del bolsillo trasero de los vaqueros y desbloqueó la pantalla. Tenían terminantemente prohibido juguetear con sus teléfonos si había clientes, pero le daba igual. Dios, para haber tantas normas y prohibiciones tenía que reconocer que se lo pasaba en grande trabajando en aquel antro.

—Veamos —dijo, aplicándose en la búsqueda—. Julian Danvers.

—¡Eh! ¿Ni siquiera vas a esperar a llegar a casa? ¿Vas a buscarme en Internet delante de mis narices?

Levantó la vista de la pantalla. Estaba empezando a divertirse.

—Por supuesto. Así te ahorras tener que seguir hablando de ti.

Echó un vistazo en silencio a todas las referencias que encontró. Julian Danvers no solo tenía su propia página de Wikipedia, sino que podía contar hasta seis o siete páginas con información útil sobre su persona y sus negocios. No tenía tiempo para bucear en todo aquello, pero en aquel preciso instante en el que él apoyaba los codos en la barra y su cara burlona y perfecta en las manos, Holly echó un rápido vistazo a sus dedos en busca de, por supuesto, algún anillo de casado.

Él, como si le leyese la mente, agitó los dedos delante de ella.

No estaba casado, de acuerdo, pero una de las referencias más relevantes que Google le lanzó a la cara fue la noticia del inminente matrimonio entre Julian Danvers y la conocida relaciones públicas Athena Richardson.

CAPÍTULO 3

Holly le pidió a Sarah que la sustituyese unos minutos en la barra. Necesitaba ir al baño y refrescarse un poco, y sobre todo refrescar sus ideas. Especialmente la que le rondaba desde hacía unos minutos: se estaba estableciendo una química demasiado potente con uno de los clientes del Foxy y, para colmo, uno que estaba a punto de casarse con otra chica.

Julian observó cómo la camarera que le había gustado se perdía en los baños del local y, acto seguido, ante la perpleja mirada de su compañera, se levantó y la siguió, no sin antes pedir una segunda pinta de cerveza. Le encantaba regresar del baño y encontrarse el vaso lleno.

El lavabo del Fox and Forest era, como el resto del local, un reflejo de la opulencia del ambiente que permeaba de la City, y de la gran cantidad de acuerdos económicos que se cerraban allí a todas horas entre los hombres de negocios, esos que solían implicar muchos ceros. Los baños de hombres y mujeres estaban unidos por una gran sala común forrada de elegante madera oscura, donde una serie de espejos y lámparas que pendían del techo separaban ambos mundos.

Holly se humedeció el rostro en uno de los lavamanos, aún sabiendo que arruinaría el poco maquillaje que llevaba. Contempló su rostro cansado y sus mejillas enrojecidas. Tenía el pelo recogido en un moño desordenado del que se escapaban como anguilas sus mechones de pelo castaño claro. Los ojos claros y los labios gruesos y sensuales hacían de ella una considerable belleza, a pesar del poco esfuerzo que ponía en su aspecto físico. No le hacía falta. Aquella noche, como muchas otras, con unos simples vaqueros, una camiseta de tirantes blanca que sugería su generoso busto y unas zapatillas Converse, atraía las miradas de todos los que entraban en el Fox and Forest. Es decir, como cada noche.

Clive nunca lo reconocería abiertamente, y ella misma lo negaría si alguien lo insinuara, pero Holly Montgomery era uno de los grandes motivos por los que el Foxy se había convertido en un sitio tan popular en la City en los últimos tiempos.

En aquel instante observó atónita cómo Julian Danvers entraba en el baño y se colocaba al otro lado de los espejos, en el lado "masculino" del espacio, por así decirlo. Aún así, podía ver sus manos enjabonándose, y él sabía perfectamente que ella estaba allí, justo al otro lado del espejo de dos caras.

—Lo del Google ha sido una idiotez por mi parte —le dijo.

—Ha sido idea mía —repuso Holly.

—Bueno, yo la he jaleado —se agachó y la observó por debajo del espejo colgante—. ¿Te importa si doy la vuelta y hablamos un segundo?

Ella no pudo hacer otra cosa que asentir. No sabía cuantas líneas rojas estaba cruzando, porque se suponía que no debía estar ahí con él en ese momento, pero tal vez un par. Solo esperaba que Clive no entrase en el baño en aquel preciso instante.

Sin la barra entre ellos, los dos a la misma altura, Julian Danvers era si cabe más impresionante. Medía un metro ochenta y cinco aproximadamente y seguro que buscaba amplios huecos en su apretada agenda para curtirse en el gimnasio. Se acercó a ella más de lo debido. Si cualquier otro de los habituales del Foxy la hubiese seguido hasta el baño e insistido en hablar allí mismo con ella habría puesto el grito en el cielo. Pero con Julian Danvers no se atrevía. En absoluto. Metió sus manos en los bolsillos traseros del pantalón para controlarlas, para no hacer lo que de verdad le apetecía, atraerlo hacia ella y besarlo.

Holly bajó la mirada al suelo, porque era consciente de que él estaba pensando exactamente lo mismo. ¿Por qué la había seguido, si no? El cuerpo tenso de él parecía estar acercándose cada vez más, hasta que se dio cuenta de que sus sutiles movimientos eran reales. Él no estaba solo encarando una conversación a solas, estaba también acercando la boca a la suya.

—Holly. La sorpresa de la noche...

—¿De qué querías hablar?

—Quería, más bien, preguntarte algo...

Lo miró, interrogante, esperando que brotara algo relevante de aquella boca perfecta e híper masculina.

—¿A qué hora terminas hoy? —le espetó Danvers.

Directo.

—¿Por?

—Imagino que si trabajas aquí de noche tal vez tienes las mañanas libres. ¿Querrías desayunar conmigo mañana por la mañana?

Muy directo.

¿Qué estaba proponiendo exactamente? ¿Café y *croissants* en Shelley's? ¿O se refería más bien a desayunar juntos después de una intensa noche de acción bajo las sábanas? La temperatura dentro de su cuerpo y también alrededor de él subió un par de grados, estaba convencida. Aquel baño gigantesco estaba exquisitamente decorado, pero no habían acertado mucho con el tema de la climatización.

—¿Es que tú no trabajas por las mañanas?

Julian sonrió.

—Bueno. Soy el jefe. Puedo hacer más o menos lo que quiera.

—Ya. ¿Y dónde querrías ir a desayunar?

Él se acercó unos milímetros más. Holly desvió la mirada por encima de su hombro, esperando que Clive apareciese por la puerta del baño en cualquier momento y le cayese la bronca del siglo. La cuestión era que el tiempo allí, con Julian Danvers, parecía haberse congelado, cuando la realidad era que todo sucedió en menos de cinco minutos.

De repente fue consciente de la situación. Vivía con dos chicas en Hackney, en un piso al que se había mudado hacía unos meses, después de cometer el error de enrollarse con su antiguo compañero de piso. No solía llevar hombres allí. Aún no tenía demasiada confianza con ellas, y en todo caso no era alguien que soliese acostarse con el primero que se lo proponía. Su mente iba a mil por hora y el corazón le latía casi en la garganta.

—¿Vives cerca? —preguntó él.

—Más o menos. En Hackney. ¿Y tú?

—Newington.

Holly arqueó las cejas. Era una de las zonas más *cool* de Londres, y también de las más exclusivas en el sur, nada que ver con la vieja gloria al sur Dalston, donde ella vivía. Athena Richardson volvió a su pensamiento. ¿Vivirían juntos? ¿En qué estaba pensando? Tal vez si cedía a su innegable deseo, que no era otro que pasar una noche apasionada con aquel hombre, lo de su prometida sería una realidad incontestable que alejaría en todo momento la idea que de allí pudiera surgir...algo más. En realidad no era tan mal plan. Podría, incluso, tener alguna que otra ventaja.

El rostro de él se ensombreció por momentos, como si fuera a decirle algo importante. Se acercó unos centímetros más.

—Holly, yo...

Solo un segundo. Fue un ínfimo segundo el que sus labios se tocaron, cuando la puerta del baño se abrió y entró un grupo de tres hombres (¿no decían que solo las mujeres van juntas al baño?) riendo por algo que al parecer encontraban muy gracioso, pero que hizo que Julian y la camarera se separasen al instante.

—He de volver al bar —murmuró Holly.

—Claro, voy enseguida —dijo él, sonriendo de nuevo.

Le hubiese gustado ser ella la que se quedase en el baño, porque necesitaba volver a refrescarse el rostro y porque era obvio que su ropa interior se había humedecido, pero ante eso no podía hacer nada. Salió de allí y se dirigió a su lugar tras la barra del Fox and Forest, donde se encontró con la mirada juguetona de Sarah. Él salió al cabo de tres minutos y se concentró en su segunda cerveza y en una de las pantallas que exhibían partidos de fútbol en bucle.

Cuando Julian extendió un billete de 20 libras sobre la barra, Holly se acercó para cobrarle las dos cervezas. Al devolverle el cambio, murmuró:

—A las doce.

Él asintió.

—Vale. Estaré esperándote fuera.

APENAS FALTABA MEDIA hora para terminar su turno en el Foxy esa noche y no podía creer lo que acababa de suceder. ¿Iba a irse con él a casa? No, lo dudaba mucho. No era porque no le apeteciese, pero su imaginario romántico, si es que aquello tenía algún tipo de sentido en ese caso, siempre le dictaba que esperase un poco. Pero y si, por una vez, ¿se dejaba llevar sin dar más vueltas a las cosas?

¿Y si Danvers solo quería charlar un rato, o tomar algo? ¿O desayunar? Abrió la boca, a punto de contarle a Sarah lo que había sucedido con el apuesto cliente, pero la cerró enseguida. Conocía muy bien a su compañera y se echaría enseguida las manos a la cabeza. Y por otra parte, no le apetecía ponérselo tan fácil a Julian Danvers. No.

Su nombre, por supuesto, no le había pasado desapercibido.

Se acordaba perfectamente de ella. Hacía unos cuatro meses que Holly había tenido un encontronazo con Athena Richardson, la prometida de Julian. Había sido en un cóctel organizado por ella en la Tate Modern, uno de sus museos favoritos en la ciudad y donde, por fin, había logrado un encargo fotográfico. Holly se había presentado allí con su cámara, dispuesta a fotografiar la exposición de una joven pintora, que ocupaba por primera vez una de las salas anexas. Athena había organizado un cátering y se había ocupado de invitar a todo el mundo. También de contratar a un fotógrafo para que hiciese fotos del evento.

El chico en cuestión, Ronnie, era un viejo amigo de Holly. Habían participado juntos en alguna que otra quedada fotográfica de Internet y, para su sorpresa, resultó que iban al mismo gimnasio, así que con el tiempo mantuvieron el contacto. Un contacto prístino e inmaculado ya que hasta donde ella sabía,

Ronnie era gay. Nunca se tienen suficientes amigos gays, para lo bueno y para lo malo.

El tema era que cuando Ronnie se enteró de que Holly se había lanzado sin paracaídas desde el rascacielos donde trabajaba de abogada novata para abrirse paso en el mundo de la fotografía, enseguida contó con ella para pasarle algún que otro encargo, o compromisos a los que él no pudiese acudir.

Aquel día, Ronnie no pudo acudir al evento que organizaba Athena en la Tate, así que se lo pasó a ella. Y no fue precisamente una tarde de trabajo fluida. Athena era caprichosa y algo maleducada con quien consideraba que no estaba a su nivel, es decir, el noventa por ciento de los mortales. No había sido especialmente simpática con ella y torció un poco el gesto al verla aparecer allí en lugar de Ronnie. Digamos que a ella la dejó trabajar en paz, pero con los pobres camareros del catering fue insufrible.

Y no hay cosa que más moleste a Holly que se trate mal a un camarero en su presencia.

¿Qué habría visto Julian Danvers en Athena, además de esa belleza perfecta y vacía?